KB073166

눈물샘을 지키는 요정이 살았습니다

눈물샘을 지키는 요정이 살았습니다

안용철 지음

저자의 말

한 편의 시라도
가슴에 와닿았으면 합니다.

인연의 시작이라
사랑이라 적겠습니다.

두고두고 간직할
한 줄이라도 남았으면 합니다.

험난한 세상에
내 편이라 알겠습니다.

외마디 시어가
가슴에 울렸으면 합니다.

그 한마디로 언젠가
입가에 웃음을 지었으면 합니다.

목차

동행 1

갈 길이 먼 처지라면

먼저 가지 말고 동행합시다.

기어코 뛰어가 헉헉거릴 거라면

보잘것없는 앞지르기 하지 맙시다.

동행 2

솔밭 사이 돋아난 새순처럼

정녕 한 줌 햇빛에 감사해 봅시다.

어두운 밤길에 어깨 손 올리듯

먼발치 별빛에 동행하여 봅시다.

동행 3

새벽을 나서는 인생길 위

의미 없는 손길에 머뭇거리지 맙시다.

시골길 새참 심부름하듯

광주리 하나씩 들고 동행하여 갑시다.

눈물샘을 지키는 요정이 살았습니다 1

슬픈 일이 있을 때면
바쁘게 눈물을 퍼 올렸죠.

하루가 멀다 하고 울 때는
팔다리가 후들거릴 정도였죠.

그런데 어느 날 그가 그만
사랑에 빠졌죠.

너무 기뻐 크게 웃을 때
실수로 눈물을 퍼 올리고 말았죠.

어느 날 사랑을 잃었을 때
힘없이 눈물을 퍼 올렸죠.

수십 년이 지나 그가 떠나갈 때
눈물 요정도 함께 떠나갔죠.

누구에게나 눈물샘을 지키는
요정이 살고 있었죠.

그 요정마저 울지 않도록
사는 동안 눈물을 아껴야 했었죠.

그것이 요정의 노고에 대한
보답이라 여겼기 때문이죠.

눈물샘을 지키는 요정이 살았습니다 2

날마다 해가 뜨면 햇살의
눈부심을 좋아했었죠.

우연한 기회에 사랑일 거라
믿었던 그가 있었죠.

사랑이 떠나갈 때 그를 위해
참는 눈물을 퍼 올려야 했었죠.

수십 년이 지나 작별을 예감할 때
함께 떠나며 마지막 눈물을 실었죠.

누구나 슬퍼할 일들에 혹은
퍽 기쁜 일들에 요정을 찾곤 했죠.

살다가 어쩌지 못하는 그림들에
눈물방울 참 예쁘게 그리곤 했었죠.

지난 일들이 아름다운 추억이 되도록
그리움을 삼키는 눈물도 있었죠.

떠나는 그의 뒷모습에 살짝
훔치는 눈물을 두고서 돌아서야 했죠.

선한 눈물로도 감출 수 없는 게
선한 마음이란 걸 미처 말하지 못했네요.

눈물샘을 지키는 요정이 살았습니다 3

소중한 꿈이 있다면
아름다운 눈물도 있겠죠.

시린 가슴이 언덕길 오를 때
난 잠자코 그의 뒤를 따랐죠.

그가 말문이 막힐 때 대신
울어 줄 그 무엇이 되었죠.

행복은 자기 그림자에 고이 남기고
바쁘게 찾는 사람들을 보았죠.

세상에 온 하루가 부끄럽지 않도록
열정을 다하는 사람들도 있었죠.

그가 눈물의 의미를 알았을 때
많은 시간들이 이미 과거가 되어 버렸죠.

너무 흔한 눈물로 얼룩지지 않도록
귀한 눈물이길 기도했었죠.

그것이 함께한 날들에 아름다운
위로이길 바랐던 요정의 뜻이었죠.

지나간 날들이 따뜻한 추억으로
되새김 될 때 눈시울을 적시었죠.

그의 눈물이 줄어 인생이 다하면
그의 곁을 떠날 요정이랍니다.

어머니의 정원

사시사철 심고 거두어들이는
정원 속에 어머니가 계셨습니다.

일평생을 바쳐 작물과 씨름하신
정원에는 사랑이 있었습니다.

사계절의 변화와 잊지 않고 심는
씨앗들의 대화가 들려옵니다.

이제 마음껏 자라는 잡풀과 콩 줄기
그것들은 어머니의 정원에 있습니다.

자녀들을 어머니의 세상
정원 속에서 잘 길러 주셨습니다.

그 누구도 대신할 수 없었던 그 정원이
이제야 너무 그립습니다.

기억

혹독한 겨울엔 아버지가
구워 주시던 고구마 먹어 보아요.

장작을 패 땔감을 마련하고
아궁이 불을 지펴 보아요.

엉덩이가 타들어 가는
아랫목의 뜨거움 참아 보아요.

한참이 지나 겨울이 다시 오면
그때가 있었음을 기억해 보아요.

워낭 소리

삶의 남은 기력을 뿜어낸 굴곡진 모습이
얼굴의 초췌함과 양어깨의 무거움이
너와 나를 알아보게 하는구나.

더디게 걸어 하루하루 서산을 넘었으니
수없이 돌아왔던 길모퉁이의 작은 소나무
그마저도 함께하였구나.

바뀌 태어나도 이상할 거 없는 닮은 생이
밭을 갈고 씨를 뿌리고 거둔 생이
40년이 하루처럼 남겨지는구나.

잘 가시게, 이 한마디
너는 비록 소의 가면으로
나는 보잘것없는 촌부의 넋으로
워낭 소리 많이도 그리워질 걸세.

바위 위 도라지꽃

쉬었다 갈 양으로 앉았다가
너 하나만은 놓치고 싶지 않은
바위의 숨결로 피었다.

숲의 정적을 놓칠 새라
가만히 귀 기울이다
보라색 향기로 피었다.

지나는 길에 들여다본
너의 세계에 정적이 흐르고
나는 나의 세상을 잠시 잊는다.

사람이 꽃보다 아름다워

미처 나누지 못한 말들을
오래도록 품었다
다시 강가에 풀어 줍니다.

강둑 갈대밭을 지나다
코스모스 잎들에 반해
다시 오래도록 서 있었습니다.

긴 여정에 아슬한 길을 지나
푸른 강물의 깊음 위로
호흡 소리가 또 들려옵니다.

마지막 잎새처럼 푸르름을 안고서
하늘을 쉼 없이 바라보다
꽃보다 아름답다고 말하였습니다.

동백꽃 전경

동동 구르고 졸라 볼래요.
백지처럼 비워 둘래요.
꽃잎에 눈길마저 묻힐래요.

동동 뛰던 기분이 들래요.
백만 송이 퍼뜨려 볼래요.
꽃잎에 봄길마저 묻힐래요.

전처럼 느껴지면 사랑이겠죠.
경치마저 한눈에 정이겠죠.

미역

미운 정 풀어 바다에 놓아라.
역겨움 녹아 어느덧 씻기리.

미인도 결국 바다의 진국을 알리.
역시나 산고의 의미도 바다는 알리.

미안하고 감사한 날 날 찾으리.
역한 삶을 풀어 줄 날 찾으리.

새해

난 아침의 생기 온전히
맞이하는 자연이고 싶다.

부끄러움에 몸 사리는
이슬처럼 청춘이고 싶다.

작은 것이 시작이듯
처음에 나이고 싶다.

해탈한 노승처럼
깊은 울림이고 싶다.

닭의 해

창호지를 두드리는 새벽
의로운 닭 울음소리 있다.

초가집 빈 헛간처럼
유일한 가난의 굴레

공부든 농사든 게으름 떨쳐
붉은 새벽을 이끌어 왔다.

아꼈던 거름과 퇴비 능선
수탉의 빼어난 울음소리 있다.

먼 길 돌아 강 같은 세월
가까운 상징으로 새해를 맞는다.

매화

매우 깊은 산속에서 겨울을 보내고
화들짝 일어나 봄의 초침을 세고 있다.

매 시간을 시련과 기다림의 채찍질
화를 돋우어 겨울을 따돌린다.

매우 긴 계곡에 흰 눈을 밟고
화톳불 한 삼태기를 피워 본다.

매 시간 보채는 꽃잎을 재우고
화로 옆에 두었다가 이른 아침 피우련다.

봄비

우리가 아끼고자 했던 약속들
머뭇거린 표정과 닮은 시간들

가만히 있어도 변하는 모든 것들
온전히 변치 않는 소중한 것들

머리에 쌓이는 고민 같은 것들
가슴에 올려두는 좋은 인연들

봄비 내리는 날 우산 쓰는 마음들
봄비 내리는 날 무작정 젖고픈 마음들

어느 봄날

아름다운 색깔 속에서
영혼에 닿을 듯한데.

달게 잔 겨울잠 속에서
들려올 이름인데.

낚아 챈 은빛 속에서
시냇물에 닿을 듯한데.

기다림의 뒤뜰 속에서
다가올 어느 봄날인데.

냉이

한 줄 시로 냉기를 잊고
가만히 다가섭니다.

내 뜻 아닌 계절 맞아
시련으로 뿌리내립니다.

추위에 새파랗게 질리고
갈색으로 움츠립니다.

추위가 끝날 때쯤
봄의 전령사임을 알게 됩니다.

달래

서툰 돌담 아래 아니면
보잘것없는 곳.

익숙한 모퉁이 아니면
산과 들 양지바른 곳.

못 본 체 내치는 걸음 아니면
반갑고 귀한 것.

달래를 너무 모르거나 아니면
놔두고 갈까 고민하는 것.

아무도 찾지 않거나 아니면
거친 땅에 홀로 그대로인 것.

배추

보잘것없는 씨앗들이
흙의 언저리에 뿌려진다.

박자를 놓아 주고
바람과 햇살이 일렁인다.

타고난 심정이 들킬 새라
잎사귀 폭으로 가려본다.

푸른 잎들이 때론
새끼줄에 포박 당한다.

어느 주방 평화로운 곳에서
달콤한 배춧속을 보이고 만다.

해바라기

해 지나온 길 하룻길.
바람 지나온 길 천 리 길.
라일락 지나온 길 꽃 피는 길.
기억마저 희미한 길 고향길.

해 뜨면 분주한 일상.
바람 불면 아웅다웅.
라일락꽃 피면 예쁜 반전.
기억을 묻혀 온 고향길.

곧 풀꽃이

이유 없는 햇살이 돋아
가지를 타고 오리라.

산적한 이유들을 물리치고
몰락한 산천을 오리라.

흔적 없던 겨울의 앙상한 날개를
초록의 빼어난 솜씨로 돋게 하리라.

두 눈에 희열을 주는 꽃들을 향한
작은 앙탈처럼 오리라.

생명에 대한 지대한 꿈이
곧 풀꽃이 되어 오리라.

동심

하늘을 파랗게 칠하고
마당은 갈색을 칠한다.

마음에 드는 꽃을 그리고
나비와 벌도 따라 그린다.

시냇물 졸졸졸도 그리고
풍덩 고기도 잡는다.

잎사귀 축축 늘어진 나무와
매미 울음소리도 그린다.

개중엔 서리하는 모습
달아나는 바지춤도 그려 본다.

맴도는 추억이 손닿을 듯
동심으로 남는다.

이팝나무

몇백 년의 세월을 묻힌 듯
신비로움을 흘리다 말다

호수를 껴안고도 모자라
호수에 하늘을 베낀다.

가는 걸음마다에 흠뻑
세월을 숨죽여 보여 준다.

대대로 물려줄 뒤안길 같은 곳
그 자리에 입하를 자축하듯

바람도 감히 멈추고
푸른 잎새의 흔들거림만 허락한다.

벚꽃 길 1

하얀 꽃잎이
바람길 잃네.

길가 머리 위
정처를 두네.

살아 최선이
낙화로 남네.

함박웃음이
남몰래 지네.

벚꽃 길 2

하얀 꾸밈이
길가를 덮네.

꿈길 한 올이
참선에 있네.

참는 눈물이
꽃망울 같네.

가는 모습이
시리게 웃네.

목화

떠가는 흰 구름 지나면
삼키고 섰다가 물 한 모금.

들판 가득 톡톡 튀는
흰 구름의 자아를 들추는 너.

시집갈 딸들의 이불 한 채
구름처럼 살다 갈 따뜻한 정.

온통 갈색으로 변한 삶
하얗게 다한 혼신의 너.

꽃

해마다 꽃은 피지만
언제나 자신만의 고행이었다.

사랑과 관심의 축복도 없이
어느덧 자신을 사랑한다.

진정 모르던 어느 날에
낯선 이의 진심으로 알게 된다.

스스로 꽃임을 만끽하고서야
마지막 여정이 된다.

한 걸음 더

바람이 불었다.
한 걸음 더 오라고

꽃이 피었다.
한 걸음 더 오라고

바람이 떠나갔다.
한 걸음의 여운을 주고

꽃이 지고 있었다.
한 걸음 더 다가가지 못한 나를 보며

바람과 꽃은 지나갔다.
한 걸음 더라는 교훈을 흩뿌리며

하늘 가득 별이 채워지는 밤

백사장 모래알이 많을까?
밤하늘 무심한 별이 많을까?

오늘도 모래 사이 지구가
혼자 바쁘게 자전을 한다.

거기에 매달려 편안히 쉬는 밤
별은 무심하게 우리를 본다.

밤사이 눈을 깜빡거리며
모래 사이 우리를 찾는다.

나비의 추억

푸른 언덕의 시간 아래
발을 담그고 웅크려
나비가 되었다.

하늘과 꽃들을 찾아 훠이
두 날개를 아우르고
우아하게 꽃잎에 꽃을 더한다.

뜸한 시간의 햇살이 이르러
꽃잎에 얹히면 두 날개를 펴 보인다.

시간이 계절의 변화를 더하면
기억을 더듬어 나비였음을 알까?

꿈같은 시간을 꽃들에게 주었던
변화를 안고 온 나였음을.

사냥

지척을 분간할 수 없는 어둠을 틈타
살을 에는 강물의 흐름을 건너
밟은 땅엔 눈이 녹지 않았다.

바람이 미쳐 날뛰는 나뭇가지에서
다시 펄펄 눈발이 후두둑
잡념을 없애 주는 추위
정신이 혼미해 온다.

태극기를 가슴에 안고 물기에
딱딱하게 얼었다 녹기를 반복한다.

멀리서 사냥개들의 컹컹거림이
귓가를 자극하다 머릿속을 확
뒤집는데 좋은 방법이 없을까?

독립을 위해 달려온 만주 벌판
이젠 후세들을 위해 펼쳐야 할 때.

옷을 뒤집어 등판에 새겨둔 글자.

2018년 8월 15일

더위 사냥 성공을 위하여!

거미줄

생존의 화려한 기교로
이슬의 아름다움을 말한다.

부자유한 틀을 세우고
자유로운 삶의 영역이 된다.

바람의 이끌림과 바람의 통합이
그들의 작전이다.

여리고 부드러움의 결말은
치열함의 존중이다.

보슬비

너무 과하지 않은 호기심을 안고
저마다 분주히 아랫동네로 내려온다.

사람들의 인기척을 망설여하며
낯선 설렘을 제각각 맞이하여 본다.

울창한 숲과 아기자기한 가로숲
재잘대며 소풍 나온 발걸음이 가볍다.

구름을 비집고 말갛게 하나둘
세상을 투영시켜 하늘에 잇는다.

희망

비 오는 틈새 잠깐마저도
매미는 울고 있지요.

새들은 깊은 밤을 이기고
또 하루를 울지요.

주섬주섬 하루를 챙기고
시간 앞에 울지요.

백세까지 살 거면서
희망 하나 갖지요.

인생은 노다지

빨리 가지 않아도 언젠가
종착역에서 마지막 웃음을 보이니까.

부자로 살지 않아도
마음만은 풍족함 그대로였으니까.

부족한 무언가로 고민하기엔
인생은 짧고 갈 길은 먼 청춘이었으니까.

좋아한 일들도 다 하지 못하고
아주 조금만 집중해도 해가 떨어지니까.

한 번 태어난 건 일확천금의 가치
방향만 맞다면 인생은 노다지이니까.

삶

삶이 힘들어 하루가 더디 가더라도
삶에 하루가 줄어듦에 슬퍼하노라.

내 안의 즐거움이 작아 보일지라도
내 안의 욕심을 버리길 즐기노라.

엎드려 다치기 싫은 자아가 있더라도
때론 용서하고 참회의 눈물 흘리노라.

부디 기쁘게 하루해를 만나거든
하루를 평화롭게 살아가리라.

책

가지런한 상념을 두고
앞선 마음에 울린 영혼.

현재와 미래의 갈망
과거의 뉘우침.

인격에 지혜를 입히고자
빌려 온 양식의 젓가락.

보고 또 보아 마음을 여는
울림의 미학.

먼 거울에 비친 자신을
들여다보는 일.

삶에 밑진 게 있다면
어쩌면 밤새워 채워 볼 일.

꿈

꿈은 커서 흥부가 심어 둔
박 속에 숨겨 두었다.

꿈은 자라서 보석이 되었고
흥부는 박타기를 멈추었다.

꿈은 서서히 잊혀 갔고
박은 시들어 겨울을 맞는다.

꿈은 꽁꽁 언 땅에 고이 잠들다
봄이면 다시 흥부의 박 속에 숨는다.

꿈은 매번 보석이 되었고
그렇게 열어봐 주기를 기다린다.

꿈은 겨울의 문턱에서
잠들지 않는 누군가를 기다린다.

섬마을 소녀

바람도 의지하려 들다
파도에 쫓기고 말고
섬에서 자란 소녀라

육지가 그리워 흙을 고르다
뭣 모르고 꽃을 심었네
섬에서 자란 소녀가

세월에 변하지 않는
바람과 파도가 일고
섬에서 자란 소녀는

좋은 추억을 아깝게
섬에다 놓고 와 버렸네
섬에서 자란 소녀가

갑사

속세를 잊은 듯 고목의 깊음이
한 잎 번뇌조차 털어 버렸다.

산세와 닿을 듯 보람의 속삭임이
시간과 어우러져 들려온다.

세월을 잊은 듯 수려한 산마루가
연등을 사랑한 일주문을 품는다.

갑사에 닿을 듯 부부의 미소가
법고의 소리와 마주한다.

일어나

무엇이든 힘들고 말았을 때
악다구니 켜켜이 내디딘 목소리로
재차 불굴의 다짐 들고 일어나.

청개구리 비 올 때 더 서럽듯
구미가 당겨 허물어진 마음가에
점 하나의 물수제비 파문으로 일어나.

무엇이든 안 되고 말았을 때
악으로 물든 멍 따위에 울지 말고
재로 불씨를 살리듯 일어나.

청소차가 쓰레기 더미에서 죽지 않듯
구겨진 자화상에 남겨 둘 한마디로
점을 찍듯 물감에 붓을 들고 일어나.

백년

한평생을 엮어
가도 가도 끝은 백년.

산 넘고 물 건너
가시밭길 넘으면 백년.

웃다가 울다가
서럽게도 백년.

어디쯤에 서 있나
끝은 백년.

인생은 별 다방처럼

스스럼없는 인생 부끄럽지 않도록.
타성에 이끌려 낭비하지 않도록.
벅찬 이끌림 부여잡고 싶도록.
스스로 만들어 갈 인생 되도록.

스스로 안아 줄 인생이었다고.
타이트하게 때맞춰 노력 있었노라고.
벅찬 내 고동 소리 들어 보았노라고.
스스로 한없는 인생 한 뼘은 살았노라고.

광복절

광대한 포부는 그저 이름 하나 찾는 것.
복종하고 매 맞고 죽음과 바꾼 이름.
절망을 삼켜 버린 뜨거운 심장.

광폭한 무리에 기어코 찾은 이름 하나.
복 받아야 할 삶과 통 크게 바꾼 이름.
절망에 씻겨 간 숱한 넋들의 응어리.

광대한 천지에 풀꽃 되어 써 내려간 이름.
복 받을 그 이름 대한민국 만세!
절망을 홍분의 삼천리로 바꾼 저력.

그때에 있었느냐고

내면이 소스라쳐
길을 묻거든

마음에 동요가
그때에 있었느냐고?

갈 길이 멀어져
쉬고 싶거든

마음에 이정표가
그때에 있었느냐고?

세월

좋다고 하기도 하다가
싫어지면 나쁘다고 합니다.

좋으면 잘 만났다고 하기도 하다가
싫어지면 탓을 하기도 합니다.

좋으면 자부심이 만천하에 이르고
싫어지면 홀로 걸어갑니다.

좋으면 내 탓이요 내 덕이요
싫어지면 때문에라고 합니다.

이제라도 좋아합시다.
어쩜 백년을 짊어져야 하나니.

나무는

바람의 숨결로 파란 꿈을 꾸다
아침이면 작은 잎 하나 빼어 문다.

초록빛의 담장을 넘어 또 다른
파란 하늘을 향해 한 잎이 돋아난다.

빼곡한 도시를 향한 유리문
문득 들어온 잎들이 무수히 많은 손짓을 한다.

나무는 그 자릴 넘어 초록의 꿈을
알리려 바람의 숨결을 타고 있다.

한가위 잘 보내세요

한 알 한 알 붉어진 사과
가볍게 스치는 바람
위아래 가늠하여 본 달.

잘 익은 홍시와 고향길.

보시시한 볼도 송편 물고
내로라하는 약주
세월을 이고 반기는 엄니
요맘때쯤 들리는 한가위만 같아라 하는 말.

오늘 날씨 1

먼 훗날 구부정한 노인이 될까
바람에 청춘을 쓸어 담는다.

자유로운 바람이 호기롭게
갈색 낙엽을 지천에 날린다.

이렇게 살아도 되는 걸까
잘못도 없이 뉘우침만 커진다.

먼 훗날 구부정한 노인이 될까
허리를 곧추세운 하루를 보낸다.

낙엽 쓸기 1

모조리 쓸어다
마지막 유언을 듣는다.

편히 가고 싶다는
마지막 열차를 태운다.

지체 없이 인생을 허비한
허심탄회한 세월의 화살을 맞는다.

선혈 흘러 이별의 토함이
앞뜰과 뒤뜰의 빛깔을 채운다.

작심한 듯 노인의 등 뒤에서
들려오는 한마디에 모든 게 끝난다.

너의 모습이 나와 같다는
끝까지 머물지 못함을 알았단다.

낙엽 쓸기 2

괜한 세상의 부름에 겨워
미워할 틈 없이 빠르게 지났다.

피어나 색깔 입고 놀다 더 먼 곳
손등 올려 내다보는데 노을 진다.

살갑던 세상의 말 걸기처럼
온전히 비 맞던 날도 있었다.

가만히 들여다본 만남은 저절로
끝을 보이는 이별이 된다.

아 그곳에 있을 때 나무 위 세상
편견 없는 사랑이 숨 쉬어졌단다.

가지만 뒤돌아볼 누군가를 두고
슬픔을 구겨 희망의 바스락 소릴 남긴다.

낙엽 1

서툰 바람의 외투에 가려
고운 빛깔을 숨겨 가는 이.

자연사의 위장인 양
갈 곳 잃은 처지를 숨기는 이.

따사로운 양지에 졸다
그늘지면 쓸쓸함을 드러내는 이.

한 잎 한 잎 앞세워
저만치 가려 되돌아보는 이.

낙엽 2

파릇한 삶이 차곡히 닮아 가
뜨거운 돌이킴을 토해 내는 이.

만남의 연장인 양
상념의 끝을 이어 주는 이.

따사로운 햇살의 만연을
이제 추억하는 이.

끝끝내 돌아봐 주다가
긴 골목을 혼자 가는 이.

낙엽 3

세월의 앙상함이 남기 전
또 한 해의 마무리를 고하는 이.

진한 인연인 양
미친바람에 춤추는 이.

따사로운 한낮과 속삼임을 쫓아
몸을 웅크리는 이.

어느덧 미완의 꿈을 그려
계절의 완성을 쫓아가는 이.

풍경

만추를 뽐내던
낙엽도 이제 안 하고
멋진 풍경으로 둔다.

작은 몸짓으로
마구잡이로 내려도
큰 빗방울이 되지 않는다.

살짝 어두워진 오후
뜸한 거리엔
꼭 필요한 사람이 우산을 잡는다.

길 옆엔 오늘 하루
휴업중인 붕어빵 노점상이
아련함으로 멈춰 있다.

호미곶

포물선을 그려 보물섬을 찾아
항상 거기엔 외나무다리 선장이 있지.

환상적인 수평선이 만들어낸 평화
호기롭게 돛을 높이 올려 항해를 하지.

해적선은 애꾸눈의 선장과 앵무새
맞닥뜨린 보물 지도와 험한 선원들이 있지.

이젠 보물 같은 어린 시절을 무인도에 남겨 두지
점점 호미곶 손안에 보물 지도가 그려지지.

아름다운 시 1

얼굴에 인생이 묻어날 나이쯤
굴곡의 급커브 돌아보며 휴
내쉬는 숨 아름답다.

비 오는 날 흙 속에 물이 찰 때쯤
어제와 달라 보이는 곳에서 휴
내쉬는 숨 아름답다.

친구들이 하나둘 일상이 시들할 때쯤
수다 대신 몇 줄의 글 읽고 휴
내쉬는 숨 아름답다.

열두 명의 전사가 숨지고 한 명이 살아날 때쯤
또 하루의 탄생을 위해 휴
내쉬는 숨 아름답다.

아름다운 시 2

유월의 나무 그림자는
온화함을 넘어선 햇살을
안아 보낸다.

고단함을 비추고 문턱에 이르러
평화로움과 눈부심을
안고 있다.

이 모든 조화로움에
초록빛 언덕과 날개 돋친 바람을
안고 가자.

만물을 축복하는 기운이
햇살이라면 상상의 부대낌으로
안아 주자.

선뜻 내비친 우리의 꿈들이
유월의 햇살에 닿을 때
안아 일으키자.

아름답게 빚어도 좋을 삶을

가진 것만으로도

안고 춤추자.

낚시

천지가 이름 없는 담수를 내놓아
자유 의지를 끌어내 유혹하여
빛과 그늘을 갈망케 하여
찌를 봅니다.

이렇듯 한세상 한낮에 맞서고
게으름 없는 응시마저 경이하여
물속을 몇 번이나 들락케 하여
찌를 봅니다.

한낮의 노고와 세월의 부침
햇살과 달빛과 나뭇잎 소리
언제나 그 자리 마음은
찌를 봅니다.

그리하여 인생의 저편
즐거운 위로 있었노라
부러움 잊은 노인처럼
찌를 봅니다.

나비의 행적을 시로 적어 펼치리

사모한 마음의 흔적과 겹치는 두 날개로
세상의 반을 접어 그대에게 펼치리.

궂은 날에도 사무치는 그리움 일거든
소나기 저만치 앞에다 두고서 지나리.

오십보백보의 차이를 넘나들며
황송한 날갯짓으로 삶을 가늠하리.

굽이친 꽃들의 야산을 사뿐히 넘어
좀 먼 세상을 향해 손짓하리.

비가 옵니다

친구가 보내온 고향 정경 위로
살짝 맞고픈 그리움 덩이처럼
쏴한 마음이 또 비워집니다.

모이자고 다독이는 소리 너머
따뜻한 마음 기울여 보자고
모처럼 가을비 모양입니다.

시집갈 때 두고 온 시골 마당 위로
강아지 마냥 뛰놀아도 좋을
잎새처럼 흔들리는 지금입니다.

어릴 적 친구 집 근처 작은 호수 위로
이빨 빠진 붕어가 팔딱이는
그때처럼 오늘도 좋은 하루입니다.

나무와 비

움직일 수 없는 나무의 의지는
장맛비에 젖고 있었다.

거대한 자연의 바람이 예고된
오늘도 여전히 비가 내린다.

어두컴컴해진 사방의 시야가
가는 비에 젖고 있었다.

거대한 자연의 바람이 예고된
오늘도 여전히 움직이지 않는 나무가 있었다.

어디로 가고 있을까요

하루를 셈하여 시간의 엄습
비는 빼곡히 잔상을 남긴다.

보잘것없는 보금자리도
더없이 아늑한 빗소릴 남긴다.

비가 첩첩이 쌓여
어디로 가고 있을까요?

흙탕물의 무지한 시간 너머
잔잔한 호수에 이를 때까지.

비가 오는 날

꽃은 어디로 갔을까?
비만 보였다 안 보였다.

꽃은 어디로 갔을까?
비가 오는 날 보이지 않네.

꽃은 어디로 갔을까?
비는 꽃을 숨기는 무리

꽃은 어디로 갔을까?
비를 보다 꽃을 잊고 사네.

접시꽃

호젓한 곳 시간이 멈춘 듯
그림이 도드라지면 그때
할 말을 머금고 의지의 푸른 대 따라
피어나 볼 양으로 섬기는
그대의 이름을 접시에 담느니.

빨간 모양새 이음 따라
둘러보면 어느새 접시의 숨결
작은 미소 서둘러 짓고 본
그대의 이름을 접시에 적느니.

어여쁜 미동 가만히
손짓 가리켜 돌려세우니
네 마음 자루에 담아 살펴
터트려 줄 양으로 안아 본
그대의 이름을 접시에 뽐내나니.

너를 사랑해

푸른 숲길을 헉헉거리며
한 가지 생각으로 달린다.

시간과 인내의 강을 넘어
한 가지 생각으로 달린다.

기어코 하고 갈 한마디
너를 사랑해.

그리고 다시 먼 목적지를
왔던 길을 재촉한다.

한 번의 인생이 저물어 간다.
가는 길엔 바위틈 이끼마저 사랑스럽다.

전생에 다시 달려왔던 것처럼
그런 정성으로 너를 사랑해.

장마

설레는 하늘은 꿈도 미루고
보이는 드리움만 짙어 간다.

미웁고 착한 것의 산등성이 너머로
시커먼 속내를 내비치리라.

어제부터 오늘까지 마음을 잠식해
가고자 구름만 주렁주렁 매단다.

차라리 속 시원히 너의 그늘을 벗고
일탈하듯 뿌리고 지나가라.

난 날개를 접고 먼 시간들을
그리고 또 지울 것이니.

날씨 비

광광 우르르 하기 전 번쩍
심쿵이다.
지은 죄는 없는지
찰나의 뉘우침이다.
죄를 씻듯
소나기처럼 아스팔트를
모질게 친다.
차들이 거친 소리를
내며 지나간다.
하루 종일 삐뚤어진 하늘이
속내를 내비친다.
오늘도 무사히 집에
도착해 젖은 모양새를
바라볼 일이다.

비는 저녁을 서두르고
우리에게 앙갚음인 양
지은 죄를 묻는다.

학의천에서

아직 잊지 않은 자연의 순수가
작은 개울물에 담는 장마의 흙냄새.

푸른 잎들과 잡목이 어우러진
더 큰 나무들의 향수가 서려 있는 곳.

비가 내려 더 서러운 세월이
돌돌 개울물에 멱 감는 곳.

잊지 않고 떠내려 온 자연의 순수가
돌다리 두들겨 울리는 곳.

흙냄새 장마에 흠씬 두들겨 맞고는
뒤돌아 세월의 향수 짙게 드리우는 곳.

매일의 나와 대화를 이어가듯
또 하루의 정겨움을 드러내는 곳.

홀로 피는 꽃들과 홀로 선 한 마리의 새
비교해 서서 하루해가 저무는 학의천.

가을

겨울이 오기 전
가을이라 말하고 싶다.

지난날들이 사라지기 전
추억하라 가을이 있다.

그리고 깨끗이 지우라
파란 하늘을 열어 두었다.

오늘이 가기 전
가을이라 말하고 싶다.

시월의 청춘

밤마다 물감을 풀어
산비탈 아래로 흘린다.

파랗게 긴장한 하늘이
부쩍 자란 비단 폭에 빠져든다.

묻혀 가는 가을의 얼굴이
뾰족히 맑은 햇살에 부추긴다.

해마다 청춘이었을 잊힌 계절의
위로가 산비탈 아래로 흐른다.

기도

가을엔 비 있게 하소서.

한두 시간의 쏴한 비 내림으로

우산을 받쳐 들게 하소서.

허공을 손사래 치던

못난 심정들을 다스려

주소서.

가을이 왔음을 두고두고 알리는 고마운 정성에

감사하게 하소서.

비록 오늘 어떤 사람이

사소한 일상에 비 맞음으로도

용기 잃지 않게 하소서.

지나는 세월에

비 없고 지나갑니다.

어느덧 햇살이

지나소서.

바람 부는 날

생각할 여유 없이
일렁이는 너만의 자유.

햇살 없는 하늘 아래
춤추는 나무의 외길.

바람이 거인인 줄
알게 된 작아진 그림자.

인생의 여러 갈림길
잘도 피해 가는 바람.

거친 호흡 한 번으로
먹구름에 근심을 버려.

바람이 속을 뚫어
길을 터 주는 하루.

오늘 날씨 2

겨울이라 갈 길이 멀다.
몇 밤을 보내야 산타가 오실지.

허기를 비껴가는 바람조차
삶의 일부가 될지.

온전한 삶의 무게를 지게에 얹고
얼음이 언 때를 기다려야 될지.

겨울이라 갈 길이 멀다.
몇 밤을 보내야 산타가 오실지.

첫눈

약속이 머물다
하얗게 순백을 자랑하고
새끼손가락 내밀다
하얗게 돌아선다.

낯선 바람에 몸을 누이다
하얗게 눈부심을 자랑하고
기약 없는 그리움 내밀다
하얗게 부서진다.

짧은 만남처럼 달려와
하얗게 입방아에 다듬어지고
속내를 하나둘 모으다
하얗게 지워진다.

천국을 달려와
하얗게 몸부림 한껏 해 보고
지상에 가까울수록
하얗게 잊힌다.

눈 오는 날 1

코코아 한 잔을 눈 오는 철길에서
인생의 가뭇한 기억 속에서
워커의 발바닥에 묻었던 하얀 청춘에서
시시콜콜 궁금한 연인들의 이야기 속에서

아름답게 자유로운 어긋남들이
산들 산들 몸을 가누는 예쁜 몸짓이
장소에 입 맞춘 세상의 하얀 반응이
재미난 동화 속 요정의 또 다른 변신이

휴식과 안도의 뽀드득 소리가
먼발치의 기쁨의 동요가
시험을 끝낸 토끼의 경주가
아득히 차고 넘치는 다름의 수천억 개가
점점이 다가온 퇴근길 정적의 깊이가

……또 하루를 보내는 길에 있네……

눈 오는 날 2

마음을 쓸어 황무지를 두고
하얀 몸부림의 언덕을 세운다.

잠깐 동안의 바람과 눈발
이룰 수 없는 사랑처럼 시간이 지난다.

처음과 끝을 말하는 꿈
바람에 행선지를 맡긴 그들의 꿈이다.

하늘의 은박지를 떼어
한시름 짙게 회색을 두른다.

밑그림 없는 동화
결말은 언제나 공주처럼 끝난다.

눈 온다

바쁜 일처럼 쏟아지는 이것은
무엇인고?

누구의 마음 멀리 데려다
놓으려고.

친구라 칭하는 옹알이
하고픈 때로.

하늘이 넋두리 다할 때까지
비우고 또 쌓으리.

고드름 1

높은 곳 바람 소리 달빛에 휘고
아래로 치닫는 욕망에 고개 떨군다.

숨죽인 눈높이에서 거리를 보고
가슴 시린 깨끗한 사연에 눈물짓는다.

하마터면 잊을 법한 옛 추억의 보고
속 시원한 온몸을 처마 끝에 내어 준다.

가는 곳 아스라이 밤사이 눈물짓다
님 떠난 발걸음 소리에 뚝 떨어진다.

고드름 2

깎아 세운 자연의 시간도 잠시
형체를 잊고 무심의 세계로 떠나갈래.

비우고 비우다 모자라
마음의 앙금마저 지워 갈래.

춥고 어두운 밤을 지나
햇살을 맞아 쓰러져 갈래.

지나온 자리에 발자국 따라
움푹 파인 대지의 자초지종 따라갈래.

흰 구름

나는 어디로 가는 게요.
흰 구름이 말한다.

나의 꿈은 좋은 사람들이 사는 동네를
천천히 떠가는 것이라오.

먹구름이 밀려와 하늘을 덮으면
나는 어디로 가는 게요.

나의 꿈은 화창함을 잊고 사는 동네를
천천히 떠가는 것이라오.

먹구름아 적당히 비를 뿌려 주시게.
나의 꿈은 산 넘어 천천히 흘러가오.

비의 생각

먹구름 사연을 싣고 가다
생각하니 너무 무겁습니다.

어디쯤 어디서건 내려놓아도
되는 데까지 생각이 들었습니다.

산은 얼굴을 파묻고 있는데
내려놓을 핑계가 생각나지 않았습니다.

길가에 꽃들이 예쁘게 쳐다보기에
생각도 없이 비를 내려놓았습니다.

비가 오는 밤입니다

그대 귓가로 어둠이 내리듯 들려옵니다.
그대 두 눈에 빗방울처럼 굵은 빗물입니다.
밤새 하얗게 하염없이 내릴 기세입니다.
매미 소리 잠든 이유를 이제 깨우쳐 봅니다.
이 밤을 채울 무언가는 비가 되고 말았습니다.
낮 동안의 지루하고 평범한 이유를 적시고
있습니다.
내일부터는 또 다들 일터를 지키러 가야 합니다.
출근길에도 죄 없는 구두의 고단함이 빗물에
퇴색될 겁니다.
언제나 그렇듯 가장 힘든 때가 지나고 보면
가장 멋진 추억이 됩니다.
비는 또 그대의 가슴과 두 눈에 사선을 긋고
어둠에 빛나고 있습니다.
비 내리는 밤 아름다운 감수성만이
창밖을 나가고 싶어 합니다.

누군가는 창밖에 손 내밀어 손바닥에
비를 올려놓고 있으리라.

장미꽃

가시에 찔리는 아픔으로 유혹하고
의미 있는 하루를 선사합니다.

초대 받지 않은 손님으로 위장하고
선물의 의미를 입혀 줍니다.

그 어떤 화려한 말보다
더 쉽게 눈길을 사로잡습니다.

여분의 마음 내어다
안개꽃에 머문 장미꽃을 보내 봅니다.

꽃과 눈물

어둠 속을 견디어 빛을 마주한 모습이
꽃과 눈물은 닮아 있다.

색깔과 형체를 곱게 곡선으로 그린
꽃과 눈물은 닮아 있다.

기쁨에 열광하고 어여쁜 때를 아는
꽃과 눈물은 닮아 있다.

슬픔에 몸짓으로 말하는 애틋함이
꽃과 눈물은 닮아 있다.

연애

아름다운 말들로
밀당을 해.

서툰 인연의 솜씨로
하루를 살아.

밀물처럼 밀려 왔다
사라지는 것들에 울어.

하나둘 아픔 되어
책갈피에 숨겨.

작은 산에도
바람이 불어.

그리움이 쌓이면
그때야 알아.

사랑

하늘이 무너지면
모든 걸 잃을지 몰라요.

작은 사랑의 상처로
모든 걸 잃을 수도 있지요.

세월의 흐름에
사랑은 길을 잃지요.

작은 사랑의 나침반은
언제나 같은 곳을 일러 주지요.

사랑에 길들여진 어느 날
사랑은 떠나가지요.

그리고 오랜 시간 후
돌아오지요.

작은 나침반이 가르쳐 준 길에
사랑이 있었음을 알게 되지요.

사랑이라 하자

사랑과 용서가 무의미해진 어느 날
삶은 끝난다.

문득 바라본 하늘의 위안이
같은 하늘 아래 있었다면
사랑이라 하자.

변해 버린 시간의 약속이
삼켜 버린 그대와 나이기에

오늘이 가려 한다.
삶의 주춧돌 하나가 빠져 버린다.

인연과 사랑 사이

인연이 꽃필 때
사랑이라 했다.

인연이 떠날 때
사랑이 아니라고 했다.

사랑이 꽃필 때
인연이라 했다.

사랑이 떠날 때
인연이 아니라고 했다.

인연과 사랑 사이
진실은 거짓에 가까웠다.

바람이 꽃에게 전하는 말

먼 여정에 속 시원한 감동은 없었지만
또렷한 한 점으로 새기는 널 보았노라고.

딱히 갈 곳은 없었지만 무지 바빴던 길에
작은 평화로움 속에 있는 널 보았노라고.

파란 하늘에 되돌아갈 이정표는 없었지만
만남을 약속하는 철부지 널 생각하였노라고.

설렘과 바람으로 똘똘 뭉친 약속처럼 돌아와
작은 평화로움을 꼭 지켜 주리라고.

꽃이 바람에게 전하는 말

해가 뜨면 찾아와 달라고
어둠을 견디어 꽃을 피웠노라.

숲 속 어딘가로 꽃향기 데려다 놓으라고
움츠린 자아를 퍼뜩 알아차린 자들에게.

작은 꽃씨를 삼키어 어느 곳에 뱉으라고
그곳도 꽃이 필요할지 모르니.

자꾸만 너를 잊을까 두려운 마음에
곁에 있는지 자꾸 묻게 된다고.

어떤 인연

커다란 모습에 꿈인 줄 알았소.
간절히 원해야 이루어지는 꿈

린스로 속 시원히 태어나는 줄 알았소.
원 없이 찾아보는 백색의 티

토라져 가는 뒷모습이 마지막인 줄 알았소.
말없는 천사의 이별 끝에 매달린 눈물

피어나 달아나 버린 꽃잎인 줄 알았소.
감출 수 없는 향기로 떨구어진 인연

아름답지 않다고 말하지 그랬소.
도무지 믿을 수 없는 아름다움

사랑하기

사랑하기는 이별보다 드물게 찾아와
앞장선 용감함에 기대어 선 채로
파도의 시험에 맞아 쓰러져
백사장의 한 줌 위대함에 묻힌다.

사랑하기는 이별보다 쉽게 찾아와
낯선 어려움의 장벽에 기대어 선 채로
파도의 끝자락이 내민 한마디에
모진 버려짐의 단두대에 선다.

사랑하기는 이별보다 달게 찾아와
파도가 지운 그리움에 기대어 선 채로
황송한 삶에 황홀한 가면처럼
맨 처음 바라본 연인들의 속삭임을 듣는다.

쉬운 일이 아니다

누군가를 사랑하는 것은
쉬운 일이 아니다.

만남과 이별의 의미를 덧대고
사랑의 옷을 입힌다.

평화로운 세상에 궁전을 짓고 살다

사랑이라 믿었던 자신과의 대화에서
사랑이란 낱말을 서서히 줄인다.

수많은 회고록을 되뇌며

누군가를 위한 것이 이별이라면
그리 쉬운 일이 아니다.

민둥산

내가 처음 시를 쓸 때
잔이 넘쳤을 거다.

네가 나의 시를 처음 읽을 때
그 잔이 넘쳤을 거다.

하늘은 언제나 파란빛이었지만
사랑은 낙엽처럼 변했을 거다.

내가 시를 다시 쓸 때
시는 민둥산에서 비롯되었을 거다.

네가 나의 시를 다시 읽을 때
사랑의 잔이 채워지고 있을 거다.

인연

만나고자 노력하고 기도까지 한다.
하늘 아래 마당을 매일매일 쓴다.
사람의 인연은 손님 같다.

언제나 머무를 줄 안다.
그렇게 노래가 끝날 줄 안다.
시간의 인연은 누군가로 이어지는
노래 같다.

눈앞에 있어 준 풀과 나무다.
그대가 있었던 기억과 소리들이다.
장소와의 인연은 매번 힘이 되는
쉼이다.

손님 같은 만남과 우연이고 싶다.
끝나지 않을 것 같은 노래를 부르는
순간이고 싶다.
한동안 눈이 맑아지는 경험이고 싶다.

그것이 인생이라면

사는 동안 슬픔을 가려 할 수 있다면
예쁜 색깔의 슬픔만 가려 하겠지요.

살다가 사랑을 아껴 가꿀 수 있다면
애달픈 사랑은 조금만 키우겠지요.

외로움의 크기조차 조절할 수 있다면
적당한 울타리 안에 보살피겠지요.

슬픔과 상심의 호수를 담은 둑에서
작은 풀잎 하나 지켜보아요.

이제라도 놓지 않은 세상의 가치를 찾아
맨 먼저 마음에 이는 바람을 느껴 보아요.

사랑을 아껴 두고두고 주고 싶었던 거
다 알아요.

살다가 남은 길에 그댈 만나면
세월 앞에 웃지요.

그것이 인생이라면!

외로움

어떤 시간들이 흐르다
익숙한 공간에서 백지로 남는다.

빠듯한 바람이 재촉하여
무심의 연을 날린다.

비장한 전사의 무디어진 칼날이
평화로운 섬김에 앞장선다.

그 어떤 시간들이 물방울마냥
이마에 낙점으로 외로움을 더한다.

시간과 공간의 늪에서
마지막 잎새 되어 버틸까 한다.

저녁

새벽의 저편 어디메쯤
꽃도 꽃잎을 깨우고.

한두 번 접어 본 솜씨로
날린 종이 비행의 몸짓.

두고두고 묻던 그 말
그대 나 사랑하는가?

저녁이면 이내 사그라들
사랑의 다른 말 짓고 살지.

넋두리

지나온 발자국의 깊이가
쉽게 내주지 못한 호의로
감싼 사랑의 슬픔이 된다.

지나온 삶의 깊이가
백지에 입힌 글자의 두께만큼
자라 사랑의 목마름이 된다.

지나온 미련의 깊이가
발을 헛디딘 묘한 심정의 쇠사슬로
포박한 사랑의 옥죄임이 된다.

궁극의 희망에 연루된 깊이가
악착같은 삶의 터전에 내리어
한마디 불러본 사랑이 된다.

아침이 오면

삶을 뒤척이며 되짚어 보던 어젯밤도
기억나지 않을 만큼 작아져 가고
거대하게 밀려온 아침이 들어차 있다.

어제보다 덜 분주할 오늘이건만
신선한 공기의 양과 질은
폐부 깊숙이 숨어든 것들을 바꿔 놓는다.

하루를 살아 생명을 연장하고는
뿌듯해하는 작은 알량함이
하루 종일 틀 안에 가두어 놓으리라.

하지만 작은 순간들을 사랑하자.
놓치기 쉬운 인간성에 축배를 들자.
똘똘 뭉쳐 하나가 되는 하루를 살아가리라.

어둠이 오면

하루해가 저물면 인생의 하루가 저물고
인생의 마지막 유언처럼 하루의 말문이
또 이렇게 아름다워진다.

밝은 낮빛에 영원할 것 같았던 읊조린 가사는
또 내일을 위해 아랫목에 고이 묻어 두고
빨갛게 타오르는 아궁이의 불씨를 본다.

저마다 자신의 일터에서 커피와 목마름의 경지를
자유자재로 넘나들고 음악이 공존하는 평화의 장을 스스
로 완성하려는데 어둠이 내린다.

허투루 살아온 시간들의 행렬 속에서
생기발랄했던 태양의 일침이 산 넘어가면
하루의 품삯으로 어둠을 사들여 쉴 곳을 찾아
별이 된다.

이슬이의 추억

소나무라 쓰고 펜션이라 칭하는 어느 곳
세월의 흔적은 입가를 맴돈다.
이슬이의 쓴 맛이 꿈처럼 달다.

바다는 부지런히 마음을 일으키고
한 잔의 술이 옛 심을 깨친다.
이슬이는 그렇게 차곡히 밀려든다.

여름밤은 대낮처럼 잠 못 이뤄 뒤척이는데
재잘거림은 어른처럼 울린다.
이슬이는 반갑고 싶어 안달이다.

오고 감에 밀려드는 반갑고 그리운 것
작은 시간들 긴 행복 맛볼 사람
이슬이를 마주 잡으리다.

먼지가 되어

먼지는 창을 흐리고 닦아라 말한다.
지금처럼 수행하듯 낮추라 한다.
가여운 자신을 돌아보라 한다.
되뇌며 지킬 한마디를 건지며 살라 한다.
어떤 하루를 타인을 위해 쓸 수 있는 여유를 갖추라 한다.

먼지는 멀리서 날아와 속내를 말한다.
지금처럼 마음의 티끌을 가려내라 한다.
가여운 남은 생을 먼지처럼 살라 한다.
되뇌며 반성할 한마디 사랑을 건지라 한다.
어떤 하루를 사랑을 위해 쓸 수 있는 여유를 가지라 한다.

먼지는 애당초 나를 위해 휘몰아 왔다고 일러 준다.
지금처럼 위대함에 시초를 힘들게 닦아 보라 한다.
가여운 자신감의 상처를 치유하라 한다.
되뇌며 이루어 갈 초록빛 성을 쌓으라 한다.
어떤 하루를 먼지가 되어 살 수 있는 여유를 가져보라 한다.

시는 1

선과 악이 공존하였고
그사이 피 흘린 꽃처럼
생겨났다.

세월과 보채는 구름
그 흐린 날들의 보상처럼
주어진다.

만일에 아름다운 생각
그 민낯의 수줍음처럼
일어난다.

주어진 사명과 같은 삶
자부하던 사랑처럼
씌어진다.

시는 2

먼 훗날 일그러질 태양
사실은 그렇지 않겠지만
고쳐 쓴다.

작은 일상과 먹고 사는 일
숨 쉬는 고통과 감격의 값을
매겨 본다.

인생을 허비한 어느 날
그 거리만큼에 선 채로
남겨진다.

작열하는 매일의 태양
그렇지 않았던 별처럼
비워진다.

시인은

부정적인 세상에서
긍정의 단초를 열어
스스로 촛불이 된다.

끊임없는 시련과 실망에서
한 줄의 꿈틀거림으로
스스로의 수행이 된다.

자비의 얇음 속에서
사랑의 힘을 두텁게
스스로 시인이 된다.

무엇 하나 부족함을 들어
세상을 향한 베풂
스스로 시가 된다.

시

시는 동심이며 사랑이다.
중년의 삶을 살아낸 흔적을 조금 남겨
잘한 일 중에 하나로 시라 적었다.

시는 동심에 기초하여 떡잎처럼
지구를 뚫어 뿌리내리는 미세한
움직임으로 접선하였다.

시는 사랑의 구경꾼처럼 항시 웃다가
여차 하면 줄행랑을 놓을 심산으로
자연을 자주 기웃거렸다.

아 그리하여 굽이친 산등성이
긴 밭을 잡초에게 내어 주고
하늘만 바라보다 이것이 시
인 줄 알게 되었다.

하늘이시여 조금만 비켜서서
사랑하는 이의 맑은 눈을 담아내소서.

시 흘림

시를 기리어 봅니다.
거룩한 미담일지 모릅니다.

시를 자유롭게 씁니다.
선택할 마음의 여유일지 모릅니다.

시를 길에다 흘립니다.
자칫 일어나 꽃을 볼지 모릅니다.

시를 짓고 뜸을 들입니다.
향기가 콧등을 스칠지 모릅니다.

시를 내어다 놓습니다.
지나는 길에 반길지 모릅니다.

시와 삶의 경계에서

한 줄 시가 서러우면
속울음 울지 모른다.

한 줄 시가 괴로우면
현재 삶이 그럴지 모른다.

한 줄 시가 외로우면
홀로 지샌 밤이 많을지 모른다.

한 줄 시가 짧다면
삶에 의욕이 넘칠지 모른다.

한 줄 시가 사랑스럽다면
누군갈 사랑하게 될지 모른다.

한 줄 시에 감사함을 느끼면
삶이 조금 행복해질지 모른다.

그날이 올 때까지

세상에 헐벗고 굶주린 사람들이
살았습니다.

그렇게 평생을 살았습니다.
그들은 시를 모르는 사람들의
맨 뒷줄에 서 있었습니다.

가장 빈곤한 시를
그들은 차마 쓸 수 없었습니다.

누군가 헐벗음의 고통에서
배가 고프다라고 시를 읊었습니다.
하지만 그대로 쓰기는 너무
민망하였습니다.

그래서 언제쯤 만찬을 즐길까로
바꾸어 말하였습니다.

그날이 올 때까지.

누군가 나의 글을 읽는다면

일상의 심심한 번뇌
잠시 내려 두면 좋겠네.

사소한 시시비비
깊은 관여 없길 바라네.

호젓한 시간의 두릅
맑은 맘 찾길 바라네.

속상한 일상에 빨간 약
얇게 발라 주려네.

그리하여 더 넉넉한 삶
한껏 바라보려네.

별 헤는 밤

매일 밤 같은 자리 돌아눕기만 하여도
자유롭고 신비한 그 자체입니다.

까만 밤을 하나둘 헤아려 날이 밝기를
내려다보는 그 청춘입니다.

포박당한 마음과 수중에 갇힌 이상이
잠시의 해탈과 그 정지선입니다.

구름을 걷어내고 별을 찾을 수 있기를
하나둘 선한 이름과 그 영혼입니다.

그가 찾았던 빛나던 별들이 하나둘
가슴에 사무쳐 아뢰옵니다.

한 잔의 독백 1

한 줄 시에 순순히 기뻐하고
음악이 끝난 뒤 긴 여운을 탐하는
당신은 아름답습니다.

긴 여정에 기꺼이 동행하고
치우침 없이 경치를 탐하는
당신은 아름답습니다.

하루를 열심히 보내고
자신의 내면을 탐하는
당신은 아름답습니다.

멋진 한 해를 기원하고
뿌리째 뽑히는 미지를 탐하는
당신은 아름답습니다.

먼 울림의 종소리가 다하고
다시 울리길 탐하는
당신은 아름답습니다.

한 잔의 독백 2

비록 말없이 바라만 보아도
언젠가 한번쯤 위로의 댓글을 달아 줄
그대가 아름답습니다.

심연의 한마디 결국 지켜내고
세상 가득한 불일치를 감내하는
그대가 아름답습니다.

파도가 예상치 못한 물보라를 남겨도
한 가지 색만을 고집하지 않는 바다처럼
그대가 아름답습니다.

변화가 편의성과 환상을 갈구해도
결국 선택의 문제로 귀결됨을 아는
그대가 아름답습니다.

사노라 잊힌 꿈들의 퍼즐을 맞추다
끝내 모자란 한 조각에 목 놓아 우는
그대가 아름답습니다.

한 잔의 독백 3

빠름에 일가견이 없다고 낙심하지 않고
정도를 벗어나지 않는 거듭남이 쉬운
그대가 천사입니다.

행복의 가면에 익숙한 타이름을 주는
넓은 대지에 피어난 초록색을 아끼는
그대가 천사입니다.

인생의 고비를 소달구지에 올려 싣고
굽이굽이 돌아 기어코 도달하는
그대가 천사입니다.

하필 그때 그 자리에 자책의 실마리
함부로 인정하여 쓰러지지 않는
그대가 천사입니다.

먼 훗날이 지금부터라는 걸 알기에
오히려 내려갈 계단에 카펫을 준비하는
그대가 천사입니다.

한 잔의 독백 4

이제껏 살아온 날들을 무시하지 않고
자신을 돌보아 쉬게 할 지혜를 가진
그대가 훌륭합니다.

한마디 변명에 익숙하지 않고
한마디 용서에 능한
그대가 훌륭합니다.

갈 길을 알아도 갈 바를 외치지 않는
침묵의 조언자를 둔
그대가 훌륭합니다.

돌아가는 조짐이 터무니없음에
중심을 잃지 않으려 살을 꼬집는
그대가 훌륭합니다.

오랜 세월에 쉽게 무너진 흙벽들이
그래도 지나온 날들의 흔적임을 아는
그대가 훌륭합니다.

한 잔의 독백 5

세상의 편견이 내 안의 편견이 아닌지
한숨을 은행나무 아래에서 내뿜는
그대를 위해 노래합니다.

한 번뿐인 인생 내던져 버리는 건 아닌지
갈피없이 가는 세월에 간절한 호소
그대를 위해 노래합니다.

힘들게 버틴다고 표현되는 시대를 사는
앞서가는 과학에 기뻐할 수 없는
그대를 위해 노래합니다.

보잘것없는 개미가 초원에 왕국을 짓고
희망을 초원에 털어 버린 슬픔 안은
그대를 위해 노래합니다.

아우성으로 쌓은 탑들이 오래가지 않기에
차라리 등에 진 돌로 정성 들인 돌탑처럼
그대를 위해 노래합니다.

한 잔의 독백 6

한밤에 한 평의 하늘을 골라잡아
끝도 없는 별들 바라보다 잠들고
내일도 한 평의 별을 바라보리라.

깊은 밤을 오래 두고 친구 삼아
어둠을 헤집고 꼬집고 밀고 당기고
내일도 친구 삼아 보리라.

긴장한 자연이 조심스럽게 곁에 있고
오히려 무관심을 종일 일삼는 사람들
내일도 무관심에 긴장하리라.

그렇지 좋은 날들에 아름다운 편견
무관심에 열광하지 않는 언젠가
한 줄의 댓글로 위로하는 그날이 오리니.

먼 날이 어서와 오늘이 더 좋았다며
신세 한탄에 한 잔을 채울 그날에
읊고 싶다는 한 줄의 댓글을 독백하리라.

잠 못 드는 이를 위한 서정시

명상에 아침 햇살을 손으로 젓고
회상에 젖어 있고 싶다.

금빛은 찬란하여 마음을 산란케 하고
순수한 감정에 목마르고 싶다.

명분 있어 좋았던 청춘도 잠시
회의에 속아 보고 싶다.

금보다 찬란한 명분 있는 삶
순수로 찾고픈 밤이 깊어 간다.

연꽃

흙탕물에 발을 담그고
호젓한 시간을 빌려
알 듯한 연등을 태운 너.

연못 아래 생명을 두고
지척에서도 말 못할 고요를 담아
알 듯한 마음을 올려둔 너.

하늘 아래 느림을 담고
천국을 그리고 서 있는
세상을 잊고자 한 너.

먼발치 다가갈 수 없는 곳
가까운 듯 손길을 주지 않는
너 하나의 세상을 그리는 나.

시선을 이끌어 천국을 보여준 너!
가까운 무심에 발길을 돌리는 나!

봄꽃

춘풍에 꽃 필까 어깨너머로
천지에 활짝 피어 보태려나.

후한 열정에 미세한 떨림으로
평이한 날을 골라 알리려나.

3일 동안의 정성으로
동동 구르다 갈 꽃잎 되려나.

주로 생각하는 봄꽃으로
공허한 겨울 시간 날리려나.

사계의 첫 나들이로
단단히 벼른 붉은 입술 되려나.

지극한 방황의 바람들로
점점이 피어날 약속 되려나.

한 해가 갑니다

삶에 위로가 필요할 때
애씀으로 자신을 다독여
한 해가 갑니다.

다 그러하듯 모든 인연에
감탄하여 뒤돌아보며
한 해가 갑니다.

한겨울 추위가 몸부림인 양
이불 한 모퉁이 차지하곤
한 해가 갑니다.

할머니가 어린 손주 손잡듯
무언의 위안으로 되새기며
한 해가 갑니다.

새해를 기다려 본다

행복한 노고를 주머니에 질러 두고
가여운 희망에 불 지펴 본다.

날마다 하루를 사는 사람들
호수에 잔물결 일렁인다.

익숙했던 올해가 그리워질까
팔을 꼬집어 본다.

장에 가신 아버지가 붕어빵을 사 오실까
새해를 기다려 본다.

겨울바람

그거 아는가?
유난히 추운 날
삶의 안락만을 입지 말라고
바람은 서서 불지.

그거 아는가?
더디 가는 겨울 밤
아무것 없는 자연을 생각하라고
바람은 밤사이 불지.

그거 아는가?
삶이 다한 어느 날이 오면
깊은 회한에 잠길 때
바람은 눈물 날려 불지.

그거 아는가?
아무것 남지 않은 자연처럼
맘속 뜨거운 시련의 벌판에
겨울바람 일으켜 불지.

한 잔 받으시게

더운 날의 일상이 산바람에 목축이듯
한 잔 받으시게.

못내 아쉬운 세월도 있었거니
한 잔 받으시게.

두고 갚아야 할 것 그것이 정이었으면
한 잔 받으시게.

미련 갖지 않고 조금씩 비워야 할 인생이면
한 잔 받으시게.

멀리 있어 더 보고 싶거든 그것이면
그대 한 잔 받으시게.

한사코

한사코 미뤄둔 아름다운 일들
가치를 부여한 시간들
푸른 잎들의 갈망을 스친 바람들
아, 나는 시를 쓰고 있었구나!
그래서 그토록 꿈틀대고 있었구나.

한사코 지우지 못했던 시어들
깊이 간직하고자 했던 하나의 꿈
그 꿈이 시집 되어 오는구나.

한사코 미뤄둔 아름다운 일들
그 기억들로 채우고 있었구나.
아, 나는 시를 쓰고 지키고 있었구나!
잃어버릴까 봐 꿈속에서 간직했던 시
이제 시집 속에 너의 자릴 선물로 줄게.

한사코 시에 매달린 온전한 기쁨들
행복한 순간들에 이끌린 그 한사코.

후기 1

삶을 시처럼 살면 얼마나 행복한가.
하루하루의 꿈들을 소중히 여기고
살아가면 얼마나 좋은가.
시간을 거슬러 퇴색의 시간을
늦추고 즐기면 그뿐인 삶
정녕 돌아갈 수 없어도
다시 써 보는 인생은 또 어떤가.
시란 숨은 가교
보잘 것 없는 나와 부유한 마음의 내가
시로 만나 세상의 문을 함께 두드리나니
아름답게 그려지는 세상이 현실처럼
다가와 시가 되나니
삶을 시처럼 살면 얼마나 좋을까.

후기 2

산천을 그려 고향을 일삼고
떠나온 뒤 수시로 눈물 흘린 자.

심사를 들킬 새라 처절히 아름다운
시를 노래하는 가객이여.

사랑과 이별의 애절함에 묻혀
붙잡지도 돌이킬 수도 없는 그림자여.

세월 흘러가 무엇을 남겨 그대
희열의 아픔과 치유의 강을 말할까?

세상에 무명씨로 시를 남기는 이여
좋은 땅으로 오라 그대 이름 밝혀라.

나 눈물샘을 지키는 요정으로
기쁘게 시를 흘려 보았으니.

-시집을 정성 들여 펴내 주신 노고에 감사합니다.

인

연

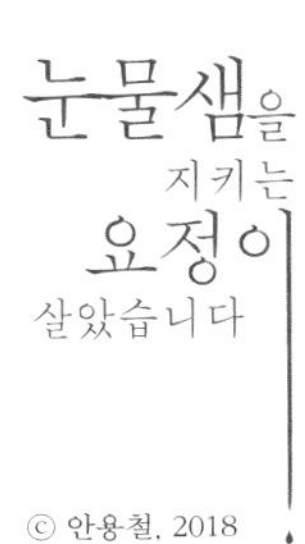

초판 1쇄 발행 2018년 11월 5일

지은이 안용철
펴낸이 이기봉
편집 좋은땅 편집팀
펴낸곳 도서출판 좋은땅
주소 경기도 고양시 덕양구 통일로 140 B동 442호(동산동, 삼송테크노밸리)
전화 02)374-8616~7
팩스 02)374-8614
이메일 so20s@naver.com
홈페이지 www.g-world.co.kr

ISBN 979-11-6222-794-7 (03810)

이 도서의 국립중앙도서관 출판시도서목록(CIP)은 서지정보유통지원시스템 홈페이지(http://seoji.nl.go.kr)와 국가자료공동목록시스템(http://www.nl.go.kr/kolisnet)에서 이용하실 수 있습니다. (CIP제어번호 : CIP2018033521)